청어詩人選 183

너의 한마디
말, 사랑

윤용순 시집

청어

너의 한마디
말, 사랑

서시序詩

시詩를 짓는다는 것이

허기만 지던 나에겐
늦은 밥 짓는
저녁연기와도 같았지만

부족한 대로
눈물을 짓기도 하고
웃음을 짓기도 하면서

아직도
저녁연기와 같은
시상만을 붙들고
꿈꾸는 시詩쟁이로 산다

차례

1장

창문 밖 동백나무

창문 밖 동백나무는
함께 살아온
세월만큼이나 닮아서
가지마다
동병상련 같은 꽃을 피운다

피었다가는
차디찬 땅바닥으로
미련 없이 뚝뚝 떨어지는,

그 아픔을
동박새는 알고 있을까

겨울이 다 가도록
잠을 설치고
뒤척이는
내 영혼에까지 붉게 물이 든다

연꽃

들음으로 귀가 열리고
그 선함이
귀의하게 하는

그 귀의함이
윤회로의 연꽃이 되어
빨강색
분홍색
하얀색 꽃으로 피는가

이승의 아름다움을 바라본다

난蘭과 꽃대

(1) 난을 치는 붓끝 세상

묵향 한 모금 머금고
화선지 결을 따라
한참을 따라가다가

붓 끝으로
모두가 모여지면서
소심란 한 촉이 태어난다

또 한 촉이 태어나고

붓 끝이 감응하면서
소심素心란 꽃대가
꽃을 달고
힘차게 비상하려고 한다

속된 나와 거리를 두고

(2) 춘란 꽃대를 보면서

아직도 춘란은
눈 덮인
산야에서 동면중인데

인간의 조급증 때문인가
서성이는 이의
굽은 등줄기를 타고
방향 없는 꽃대가 올라온다

난 뿌리를
사람에게 두고 크는
보춘화報春花에게는
그런 조급함이 있어서

인人내를 맡고
꽃대가 올라오는 것이다

3대를 향해 피는 꽃이야기

봄이 오면
굽은 등으로 산에 오르시던
할머니 생각부터 나는
그리운 고향
지금쯤이면 할머니 산소에서도
할미꽃이 피었을까
           *

하얀 이밥 한번
먹었으면 원이 없겠다는
그 간절함이 통하였는가
선산을 향해
이팝나무가
하얗게 꽃을 피우다
           *

끝내 넘기지 못한 입안
하얀 밥알 2개가
넋이 되어 남아 있는가
내 마음속에서
며느리밥풀 꽃이
회오悔悟의 눈물로 핀다

화수회花樹會 모임

아름다움을 위한
뿌리가 있어서
꽃이 아름답게 피는가

사람들 본심에도
뿌리가
목련나무와 같은
아름다움이 있어서

서로가
꽃을 피워보려고
봄이 가기 전에
화수회 모임을 갖는다

5월, 넝쿨장미에는

넝쿨장미가 꽃을 피운다
형형색색 피우는
꽃들 사이로
닮은 얼굴이 미소를 짓는다

잠 따로, 그리고
꿈 따로 빠져나갔던
혼기魂氣가 돌아왔는가

호랑나비 한 마리

5월, 넝쿨장미에는
닮은 얼굴로 바라보는
그런 게 있어서
서로가 미소를 짓는 것이다

진달래의 꽃

난생처음으로 접한 꽃
진달래는
할머니의 등에서였다

봄이 오면
할머니는 나를 업고
뒷산으로 나물을 뜯으러가셨다

세상을 알아가면서부터
5월이 오면

할머니의 굽은 등
그림자가
어른거려오는
고향 땅 진달래의 꽃이

내 마음속에서
그리움으로 피는 것이다

꽃피는 좋은 날에

소매길이만큼을 살다가
꽃이 피고
햇살 따듯해지면
그 때가서
누가 먼저이면 어떠랴

오늘을 살아가야 하는
조급한 삶
미련 없이 털어버리고
한 번 더 웃다가

(따라 웃지 않더라도)
꽃피는 좋은 날에
그 때가서
누가 먼저이면 어떠랴

늦바람의 비애

저녁 늦게 부는 바람이다
바람둥이, 바람잡이라고
오해도 많이 받는다

그 바람에
거리의 바람개비를 만나
세상 돌아가는 것도
세상인심도 알게 되었지만

집구석이
바람 잘 날 없다는 것과
가지 많은 나무가
바람 잘 날 없다는 것을
이해하지 못해서

지금도
바람 풍風 소리를 듣는다

늦바람이
무섭다는 소리까지 들어도
어쩌겠는가 내가 늦바람인 걸

한동네 사는 바람

이름도 모르는 바람 한 점이
언제부터인가
한동네에 살면서
시도 때도 없이 만난다

오늘은
늦게 찾아와서는
들창문을 몇 번 두드리고
땅거미가 내리기 시작한
동네길 굽은 길을 돌아서간다

뉘 집 나뭇가지에서
뜬눈으로
밤을 지새우려는 눈치다

동네사람들과 늘 마주치며
살아가는 바람이지만
그렇다고
서로 마음 상하는 일은 없다
한동네 살면서 만나게 되는
그것만으로도 고마운 일이다

고마운
바람 한 점이 우리 동네에 산다

나의 무릎에 부는

- 한 점 찬바람

찾아오는 사람 하나 없는
막다른 골목 집
마른 기침소리와 함께
불빛이
새어 나가는 좁은 창틈으로

한 점
찬바람이 비집고 들어온다

인생의 고달픈 길을
따라 가겠다고 하는가

초저녁부터
무르팍에서 찬바람이 인다

아직도 가야할 길은 먼데

추억의 들녘

오디가 까맣게 익으면
동네 밭 뽕나무에
종일 붙어살았다

뽕나무 열매가 끝이 나면
또 다른
나무 열매를 찾아
돌아다니면서 컸다

들녘에서 크고 자라던
할아버지의
그 세월은 가고

이제는
손주들의
뽕나무 밭이 되어 있는 것이다

바람의 생각

– 나의 생각

일진의 바람이
모처럼
나의 생각과 같은
방향으로 부는데

어째서
바람의 생각이
나의 생각과 다를까

깊어가는 가을

나는
밤나무 가지 하나를
흔들어 떨어진
몇 개의 밤알을 줍는다

연 날리기

눈깔머리동이는
하늘 높이 날던 연 이름이다

칼바람이 불어왔는가
줄이 끊어지면서
날아가 버린 연을
아이는
하염없이 바라만 보고 있었다

먼 하늘로
날아간 줄로 알았던
눈깔머리동이가
큰 눈을 부릅뜨고
계속해서
뒤쫓아 온 것은 그날 밤이다

아이는
키 크는 꿈을 꾸고 있었다

2장

선산의 도래솔

솔나무마다
이승과
저승을 지키느라고
선산의 도래솔이
굽어지고 휘어졌는가

노송의 굽은 사이로
영과
육을 이어주느라고
부는 바람까지
휘어져가면서 분다

그 선산을 향해

나의 허리도
하루하루 굽어져만 간다

키 큰 그 친구는

일교차가 크고
물이 좋아서 그런가

약채藥菜 많이 먹고
맑은 공기 마시면서
인심까지 좋은
그런 곳에서 성장하고
그래서 그런가

마음 씀씀이도 곱다

잔병치레에
신경 쓰이는 일이
많은 나로선
부럽기만 한 친구다

그 친구 사는 데가
머물고 싶은
거기서 어디라고 하던가

이 가을의 걸음걸이

아랫마을까지 한 바퀴
더 도는 것도
가을로의 걸음걸이가 된다

들녘을 향한 마음이
수수깡처럼
서걱거리는 것도
가을을 몹시 타기 때문이다

아랫마을까지 다리 건너
한 바퀴
더 도는 걸음걸이에는
서걱거리는 것 말고도

따라오는
바람소리가 있어서
결실로의
생각이 더 깊어가는 것이다

저녁연기

저녁을 기다리다가
지쳐 잠이 들면
꿈에서
이것저것
먹어보던 것도 그때였다

지붕 위로
어둠이 내려앉으면
그제야
저녁연기가 피어오르던

우리 집

그 기억이
이제는
마음속 굴뚝에서
모락모락 피어오른다

전나무 전봇대의 추억

전봇대가 살아있다고
윙윙거리는 소리에
귀를 대고 듣던
어릴 적 추억이 떠오른다

길거리 놀이터에서
무언가를 알아가는
생각의 중심엔
항상 그 전봇대가 있었다

한아름 되는
전봇대를 붙들고 크던
어릴 적
성장 속에 깊이 박혀지던
전나무가

콘크리트 전주로
바뀌면서부터
우리아이들 꿈도 살아져갔는가

수목장 거기

인고의 세월 내려놓고

지나가는 바람에
솔방울
한두 개씩 떨어지는
솔나무 아래

한 치의 앞도 안 보인다는
거기쯤에

관솔 구멍 하나
세상으로 뚫어 놓고
긴 세월

그때의 생각대로
탈바꿈을 하려고
흙으로의 기쁨을 갖는가

감나무 그늘에서

(1) 내 인생의 감 씨

찌는 듯이 덥던 날씨가
차츰 기울어져 가고

어정쩡하게 살아온
등허리 뒤로
감나무
그늘이 스치며 지나간다

또 한 해
흘러가는 계절 속으로
감 씨가 여물어 가는데

떫기만 한
내 인생의 감 씨는
언제쯤 여물어지려는가

⑵ 감꽃 목걸이

안뜰에까지 감꽃이 떨어진다

나이 숫자만큼 주어다가
감꽃 목걸이를
만들어 목에 걸어본다
또 한살 더하면서

모든 것을
계수計數로만 따지려는
인간과의 갈등 때문인가

생각만큼 그게 아닌

감꽃
담황색 시들어가는 목걸이다

접목

빈터에
나무 한그루를 심었다

담을 끼고
보이는 큰길 쪽

빈터에 심은
한그루 매화나무가
접을 붙인

인간의 생각대로
홍매화 생각이
깊어지면서 내가 크는 봄이다

가로수 길

은행잎을 쏟아낸 가로수들이
가벼운 마음으로
한해를
아름답게 마감한다

내년의 가로수 길을 향해
신생의 가지들이
꿈을 꾸는
그 사이로
하루가 저물어 가는데

인생행로는
은행나무 그림자 밖에서
덧없이 쪼그라들기만 한다

고향땅 소사나무

– 우리 어머니들

팔다리와 손가락 마디까지
휘어지고 굽어지는
아픔을 참아내면서

어머니는
힘든 세상을 살아오셨다

그 심신의 아픔을
같이 해오듯

휘고 굽고
비틀어진 것까지
닮아서 크는
자작나뭇과의 소사나무를
보고 있노라면

어머니의 세월이 어른거린다

동구 밖 상수리나무

고생만 하다가 시집간 딸 녀석
끼니를 거르지나 않는지
걱정이 되어서
조석 때만 되면
동네어귀로 눈이 가곤하였다

그렇게 살아온
늙은 어미는
자식 생각만 하다가
이 땅의
상수리나무가 되었는가

흉년이 들 때면
동구 밖 상수리나무는
들녘을 바라보면서
많은 열매를 맺어왔다

올해도 열매가 많이 맺는다

우리 집 단풍나무

금년에도
평년보다 빠르게
설악산 단풍이
물들기
시작을 했다고 하는데

아랫녘 나무들은
강원도
첫 단풍 드는 것을
어떻게 알고 있을까

땅속뿌리끼리
서로 교감을 하는가

우리 집 관상용
단풍나무도
며칠 전부터 술렁거린다

지지리도 크지를 못했다
- 1940년대 성장기

배고프던 시절
기계총에
눈 다래끼에
늘 학질까지 달고 살았다

햇볕 드는 툇마루에
걸터앉아
병아리처럼 졸다 보면

채송화도 봉선화도
돌담 밑에서
덩달아 졸고 있었다

주눅이 들어서
지지리도 크지를 못하고
매년 눈길만 주고받았다

땅자리처럼 살아가는 사람들

하루 벌어 하루 먹고 사는 사람들
새벽 인력시장으로
몰려들지만
요사이는 모든 게 불경기다

인력시장에 나온 지 열흘만이다
부모유산으로
건물을 짓는다는 건축현장이다
땅거미가 드리우면서
일손은 끝이 났다

하루 밤에 빌딩 몇 채씩
지었다 허물었다 하는
사람들끼리
객기도 부릴 겸
소주 한잔하기로 하였다
모처럼 일당 십 만원을 받은 날이다

빛도 없이
땅자리처럼 살아가는 사람들

뒷골목에도 햇살이

거미줄이 전선줄에 뒤엉켜
축 늘어진 뒷골목이다

산 입에 거미줄 치겠느냐고
말들은 하지만
전기요금 몇 푼까지
느끼며 살아가는 사람들

전선줄에 뒤엉켜
축 늘어진
삶의 거미줄을 따라

제일먼저 찾아오는
아침햇살을 머금고
오늘도
살아가는 뒷골목 사람들이다

연어가 되어

북태평양 바다를 떠돌다가
반문斑紋이 구름모양으로
선명해 지면서

10월이 오는 남대천

섭리에 따라
아름다운 혼인색을 띠고
잊어버리고 살아왔던
자신의 냄새를 찾아
그리운
모천으로 돌아오는 것이다

연어들이 돌아오는
남대천
금년 축제도 끝이 나고

나는 또 다른
연어가 되어 오던 길을 간다

3장

밥상머리

(1) 두레밥상

박힌 못이 오래되어
삐걱거리던
감상적 기억 속
두레밥상이

한 세상에서
그나마 온몸으로
지탱 할 수 있었던 것은

많은 생각들을 갖게 한
감성의 밥상머리

눈물에 젖던
그 밥상의
한쪽 언저리가
오늘의 나를 사유케 한다

(2) 한입만

나도 모르게 한입만
허기를 느끼며
벌리던 입이다

그럴 때 마다
끝내 다물지 못한
나 한입의 공허함

그 속에서도
영혼은
따로 크고 있었던가

문고리

모양새만 남은 채
문고리는
녹이 잔뜩 슬어있다

기다리다가
속이 상해서
빨갛게 녹이 슬었는가

한세상 꿈꾸던 것들은
다 어디로 가고,

녹슨 문고리가 되어
마음에
공허함만 둥글게 남는가

지나가던
바람 한 점이
나의 상념을 깨운다

지짐이 부치는 소리

솥뚜껑을 뒤집어 놓고
정구지로 지짐질 할 때
그 소리가
마치 빗소리와 같다고 하는
그래서

비오는 밖을 내다보며
지짐이 한 조각에
텁텁한 막걸리
한 사발씩 걸치고 싶어지던
그것까지도

생각이 같던 지난 세월들이
이제는
공유할 수 없는
기억이 되어 남는가

종일 비 오는 밖을 내다본다

어떤 살이

(1) 하루살이

도무지
생명으로는
개수計數가 되지 않는다

존재감으로만 있을 뿐이다

하루

(2) 인생살이

하루살이 신세가 되어
하루하루를
겨우 살아가는 쪽방 촌

사람들의 인생살이

인생

인생길 교통신호

번잡한 교차로와
횡단보도 그리고 건널목을
건너가고 건너오면서

하루에도
몇 번씩 자기와 만난다

가다, 서다, 돌아가다,
그러면서
빨간불로도 만나고
파란불로도 만나는 것이다

인생길의
파란불이 다시 바뀌었다

자신과 만나는
생활 속 교통신호가
노란불로 바꾸어 진 것이다

고랭지 채마 밭

새벽녘부터 들려오는
발자국 소리에
고랭지
배추들이 파랗게 기상한다

이 땅의 산천을 닮아

김장배추가
겹겹으로 속이 차면서
출하시기를 기다린다

넓은 고랭지 밭에서
늙어가는 농부도
또 다른
채마가 되어 속이 차는가

개똥지빠귀

개똥지빠귀가 운다
그리운 고향의 새다

늘 붙어 다니던
어깨동무친구가
개똥지빠귀
울음소리 흉내를 잘 냈다

고향의 개똥지빠귀
울음소리 내고 싶어서
그 친구는
일찍이
고향산천으로 갔는가

개똥지빠귀가 우는
고향이 그리워진다

시詩 한 편

따라오던 것들
다 떨어져 나가고

나뭇잎처럼 남아 있는
내 이름 석 자
메모하고서야

다시 만나게 된 것이다

시 한 편

남겨지는 것으로
나를 만나게 된 것이다

살다보면

(1) 그 눈물도

한 번 더 돌아보고
생각하고
참았던 눈물을 삼킨다

살다보면
참고 삼켜야 하는
그 눈물이
어찌 한두 번 뿐이겠는가

눈물까지 말랐다고 하는
어머니의
푸념 섞인 인생길을
공유하면서

오늘을 살아가는 것이다

(2) 산다는 것도

덩굴풀이 벋어 올라가듯
인생의 높이도
뻗어
올라가야하는 것 때문인가

때로는
귀를 막아야 하고
눈을
감아야 하는
세속적인 것들

오늘의 그것들을
곱씹어가면서
덕수궁 돌담길을 돌아서간다

봄의 에너지

하늘 위로 날아오른다
얼마큼이나
나비를 따라서 올라갔을까

더 높이 오르려는
인간 욕망에
잠이 깨고 말았지만

화사한 날개 소리에
나도 모르게
나비보다 높게
날아보려고 한 것이다

봄의 에너지 때문인가
*
호랑나비 한 마리가
창문 밖
가까이서 날아다닌다

봄이 다 가도록
나비의 꿈만 꾼다

또 한해
찾아오는 봄기운 때문인가

상像, 오늘

인간은 우는 상像이고
세상은 웃는 상像이다

우는 상을 하는 인간과

웃는 상을 하는 세상이

하나가 되는

하나가 되는 상像, 오늘

고추밭 고추잠자리

고추잠자리 한 마리가
고추밭을
계속 맴돌고 있다
붉게 익어가는
고추와의 동색 때문일까

저녁 잘 자시고
그날 밤 찌르레기가 졸 듯
그렇게
먼 길 가신 할머니를
고추잠자리는 알 리가 없다

매일 힘겹게
넘어 다니시던
할머니의 고갯길 따라

고추잠자리는
더욱 붉게 익어가는
고추밭을 맴돌기만 한다

어떤 불(火)

세상 살기 힘이 들고
불만이 쌓이면
쌓일수록
그게 발화의 원인이 되고

본의 아니게
이웃에까지
피해가 되는 것이다

참고라도 살아보려는
이들의
삶에 불평이 생기면
그게
또한 발화점이 되고

뉴스에서 접하게 되는
어떤 불이 되는 것이다

사금파리의 꿈

버려진 사기그릇
깨진 조각에 겨우 남은
꽃문양이
아침 햇빛에 반짝인다

천상의
아름다운 꽃을 피우려는가
호랑나비
한 마리가 날아온다

동네 공터에 버려진
사금파리가
햇빛을 받아
백일몽, 꿈을 꾸는 것이다

소묘

(1) 색깔

누군가를
기다리는 색깔
꽃이라는 이름으로
기다리는,

꽃길을 걸어가다가
문득
뒤가 돌아다 보이면서
비로소
생각을 갖는다

나는 무엇을
기다리는 색깔일까

기다리는
나의 발등위로
꽃잎이 바람에 날린다

(2) 풍경

사람의 얼굴이
하나의
풍경이라고 하는데

고단한 삶에 지쳐
얼굴은
더욱 찌그러지기만 한다

비록 그렇다 해도,
봄이 오는
덕수궁 돌담길

하나의 풍경이 되는
호접상胡蝶相
나의 얼굴을
마음속으로 그리어본다

자의식

얼굴이 둥글 넙데데하고
납작한 코에
몽고반점을 갖고 태어났다

변변치가 못해서 벌이도
신통치 않고
자존심은 있어
아쉬운 소리는 죽기보다 싫어서
늘 궁색한 편이다

지병인 울렁증 때문에
높은 용마루는
감히 쳐다보지도 못하고
쓸데없는 걱정만 사서한다

어처구니*가 없는
나의 자의식이여

*잡상(雜像)의 다른 이름이기도 함

4장

벌들이 윙윙거린다

(1) 노봉老蜂, 그 미물에게도

매화꽃이 활짝 핀 들녘을
오고 갈 때마다
눈길이 마주치던
그 미물에게도
정이 있어서

다시 돌아가야 할 산천을
마다하고
남은 길을
매실 수확이 한창인
인간 세상에서 찾으려고 하는가

노봉老蜂, 한 마리

미덥지 못해
자꾸 뒤돌아보는
나를 향해 윙윙거리면서
비탈진 밭길을 맴돌기만 한다

(2) 말벌이 다가오는 것은

어디선가 날아온
벌들이
처마 밑에 집을 짓고는
사람의 접근을 막는다

한방에서
귀한 약재로 쓰인다는
말벌의 집
바로 노봉방露蜂房이다

혼자 중얼거린 것뿐인데

인간의
그 속된 생각을
어떻게 감지하였을까
되돌아서 가는
나를 향해
말벌 하나가 윙윙거린다

(3) 분봉열

벌들이 뜨겁게
분봉열分蜂熱을 갖는다

하늘로 날아오르는
여왕벌
날개소리에
한 영역이 새롭게 열리고
그 열기에
꽃들이 색감을 더하면서
꿀을 가득히 채운다

윙윙거리는 벌떼들

그들로 무게 중심이
서서히 옮겨지면서
인간세상이
다시금
아름답게 디자인 되어간다

물고기 한 마리

모진 풍파
헤엄쳐
자기를 건너가려고

어쩌다
어지러운 세상
풍경소리가 되었는가

허황된 높이를 피해
처마 밑에 매달린
물고기 한 마리

무심히 부는
한 점
바람에도 땡그랑 거린다

로고스*

꽃이 핀다
꽃의 아름다움

누구에게나 주는 의미

꽃이 피는
아름다움
그 의미를
말씀으로 다시 찾아본다

가득 꿀이 고이는
생명의 말씀이여

*로고스(헬러어) : 말씀

뱀과의 그 질긴 연줄

자기의 지경을 벗어나
인간 영역에까지
넘보며
칭칭 감아오던
뱀이

허물을 벗고
어디론가
길게 빠져나간
그 질긴 연줄 때문인가

끝내
벗어나지를 못하고
허둥거리기만 하는데

또 한 해의
뱀 해巳年가
나의 자의식에 똬리를 튼다

자개농이 있는 방

자개농
천공에 초승달이 걸렸다

인간세상 구경하려고
장인 손끝까지
따라갔다가 길을 잃고
헤매던
나비 한 쌍

징검다리를 건너
인가人家 울안에 활짝 핀
함박꽃잎에
지친 날개를 접는다

창밖으로 보이기 시작한
초승달과 함께
단꿈이
깊어가는 자개농 방이다

낮잠

뜨거운 날씨라서 그런가
한낮의 졸음이
헐거워진 단춧구멍 밖으로
나를 밀어내려고 한다

단추 하나가
나를 붙들어주는 동안

세상과
복잡하게 얽힌 남방샤스
체크무늬에
햇살까지 뜨겁게 뒤엉키면서
한낮이 꼼짝을 하지 않는다

그 틈을 타
낮잠이
가지와 줄기를 길게 뻗어
잠의 경계를 벗어나
꿈의 영역을 넘겨다본다

그래서 대낮에도 꿈을 꾸는가

카키khaki색

세상을
등짐으로 살아가는
사람들의
흘리는 땀이 카키색이다

흙먼지를 뒤집어쓰고도
꿈을 잃지 않고
열심히 살아가려는
사람들의
삶에는 그런 것이 있어서

누른빛 같기도 하고
갈색 같기도 한
카키색은
혼이 보이는
사람들의 색인 것이다

할아버지의 헛기침 소리

헛기침 소리가 나면
집안이
조용해지곤 하였다

우리 집
위계질서는
할아버지 헛기침 소리였다

핵가족 시대가 되면서
어른의 헛기침
소리는
이미 사라져버렸고
이제는

동네 노인정에서
군기침하는
소리만이
간혹 들려올 뿐이다

풍만해지는 호박

이른 아침부터
호박잎이
활짝 웃어 보이면서
오렌지색 꽃을 피운다

호박이
주렁주렁 열리려고
넝쿨 하나가

이웃집
담을 타고 뻗어가면서
많은 꽃을 피운다

홀로 사는 할머니 집이
모처럼
풍만해지려고 하는가

글 쓰는 이의 생각이겠지만,

노인성 난청

집으로 돌아가는 아이들
재잘거리는 소리에
귀가 쏠리는 현상을 보고
전문의들은
노인성 난청이라고도 한다

자손들이 독립하여 다 떠나고
어느 날부터
텅 비어버린 새둥지처럼
홀로 남아서

밀려오는
공허함에 빠지다보면
노인성 난청이 찾아오는가

재잘거리는 소리에 귀가 쏠리고
귀가 쏠리면서
문밖으로 자꾸 눈이 간다
기다림으로의
남아 있는 행복인지도 모른다

우리 집 이야기

옹색한 텃밭이지만
콩 넝쿨이 뻗어나간다

척박한
땅에서도 열매는 맺는가

아들도 낳고
딸도 낳고
이제는 손孫볼 나이가 되었다

미천하여도
존엄한
생명의 줄기가 자라서
키를 넘어가는
우리 집 이야기다

황혼에 걸음을 멈추고

잠시 걸음을 멈추고,

저녁노을이 붉게 타오르는
서쪽 하늘을 바라보면서
아직 온기가 남아있는
돌담 기둥에 몸을 기댄다

함께해온 시간들이
주마등처럼 지나간다

긴 세월 살면서
잡아보지 못한
아내의 손을 잡아본다
미련이 남아서가 아니다
후회가 되어서도 아니다

어느덧
저녁노을에 취기가 도는
그 나이가 되어서이다

북한강 대성리역

잠깐 졸다가 물소리에
무심코 내린 역이
경춘선
국도변 대성리역이다

북한강 물소리 따라
내렸을 때는 저녁노을이
낯선 풍경을
벌겋게 물들이고 있었다

언젠가 따라서 내려야 할
인생의
종착역을 생각 하면서

기차가 출발할 때까지
대성리역 광장을
떠나지 못하고
서성거리기만 하였다

종이컵을 고집하는 것은

아침이면
으레 종이컵으로
커피 한잔을 마신다

마시고
버려지면 어딘가에서
우그러지거나
찌그러지는
일상의
그 바깥을 내다보며
오늘 아침도

일당으로 살아가는
자신의
모습을 보는 것 같은
일회용 종이컵으로
커피 한 잔을 마신다

궂은비 오는 창밖을 내다보며

사라진 이름

수없이 듣던 이름은
어디로 가고
손주들 이름이 앞에 붙은
할아버지가
내 이름의 대명사가 되었다

주민등록증을 꺼내 볼 때면
부모님이 지어주신
본명 석 자가
도리어 생소하게 느껴진다

어쩌면
할아버지 호칭으로
불리어질
그 때가 행복인지도 모른다

오래전엔
나에게도 할아버지가 계시었다

5장

아버지의 세월

(1) 아버지의 무게

그날 벌어먹고 사는 것도
힘이 들던 시절
리어카 바퀴가 찌그러져야만
겨우 겨우
입에 풀칠 할 정도
그게 우리 가족의 무게였다

그 무게로
가파른 언덕길을
하루에도 몇 번씩
오르내리시던 아버지

월사금을 내지 못해
먼 학교길
되돌아오던 그날도
아버지는
무거운 리어카를 끌고
언덕진 길을 오르고 계셨다

(2) 아버지 얼굴로 내리던 비

하지를 앞두고
내리던 비는
일곱 식구 하늘바라기
아버지의 얼굴로부터였다

빗물이 흘러내려
층층이
채우고 나면
산 아래 논배미들이
황금빛으로 출렁거리었다

봉천답奉天畓
비탈진 다랑이 농사는
아버지만의 축복이었던가

하지를 앞두고
내리는 비가
나의 기억 속에서
그리움이 되어 흘러내린다

(3) 아버지의 논배미

하루에도 몇 번씩 한 배미,
또 한 배미
논둑길을 오가며
농사짓는 것이
아버지의 즐거움이었다

뱀 길이만큼씩 긴 논둑을
해마다 매만지며
농사를 짓곤 하셨다

물을 대기 시작한
논 가운데로
가로질러 헤엄쳐가는
허물 벗은
물뱀의 길이를 가늠해 보면서
산골의 아버지는

올해도
논농사 질 준비부터 하신다

*배미는 뱀의 방언이며, 또한 구분된 논을 세는 단위로 사용

무제

또 한해를 보내면서
인간과의
경계가 아닌
물과 하늘의 경계

그 수평선 너머로

애증의 시간들
그림엽서에 담아

마음으로 띄어 보낸다

배앓이, 금계랍*

그 때만 해도
자주 배앓이를 하였다
가난으로의
그 배앓이를 한 것인가

아픔을 참느라고
늘 배를 움켜쥐고
쪼그리고 앉아있는
나의 모습이
노랗게 느껴지던 것은

만병통치약이었던
상비약 금계랍이
노란색이었기 때문인가

과다 섭취로
노래진 얼굴색을 하고 컸다

배가 아프면
지금도 생각나는 금계랍이다

*60년대까지 서민들이 만병통치약으로 사용

농촌 소식

금년 가을에도
어린 아이들 울음소리는
들리지 않고
개 짖는 소리만 요란하다

가을 이맘때쯤 되면
웃자란
아이들의 머리끝이 보이던
담장 너머로는
키 큰 해바라기가 대신할 뿐

젊다는 이유로 근 10년째
마을 일을 보고 있는
조카 이장님의 칠십 생일을
축하하기 위해
모처럼 찾아갔을 때

수매가 문제로 볏 가마가
노인 회관 마당에
계속해서
쌓여 가기만 하던
그해 가을이 생각나는 것이다

두꺼비도 우리의 이웃이다

두껍아 두껍아
헌집 줄게 새집 다오

어디선가
동요 노랫소리가 들린다

하천이 오염되면서
2년 전 우리 집 지하실까지
들어와
살다나간 두꺼비 생각이 난다

한번쯤은
다시 찾아오지 않을까
관심을 갖고
늦게나마 배려하는
마음으로 중얼거려본다

두껍아 두껍아
새집 줄게 헌집 다오

계족산鷄足山 발걸음

장닭 걸음걸이로
계족산은
슬금슬금 다가오는 것이다

잠자던 개구리가 놀래고
그 바람에
겨우살이도 뒤척인다

뒤척이는 것은
산동네 사람도 마찬가지다

뉘 집 닭장에서 뛰쳐나왔는가
장 닭 한 마리가
다시는 잡히지 않으려고 하는

그 걸음걸이로
계족산은
우리의 인생길에까지
슬금슬금 닥아 온 산이다

*계족산(鷄足山): 해발 423미터, 대전 소재

인간은 흙이라고 했던가

불혹을 넘기고
쌓여져가는 흙이 되어
비로소

내가 보이면서

살아온 것에 대한 감사
살아온 것처럼
또 살아 가야할 것에 대한

그 감사함이
쌓여져가는
흙의
또 다른 이미지가 되어서

일몰의 나를 생각하게 한다

자기自己

하늘에서 보면
중점重點이 되고

지상에서 보면
단전丹田이 되는

그 포커스focus가
나 자신이다

작은데서
큰 것을 보고 사는

자기

정화수 같은 기도

착한 이를 위해
금도끼를 꺼내주시고
어진 이를 위해
동아줄을 내려주시던
하늘이여

이 땅의
착한 이들을 위해서
어진 이들을 위해서

간절한 마음
정화수 같게 하시고

그 기도 줄로
하늘의 은총을 내려주소서

은혜

바느질품으로 살아오신
어머니의 바늘귀

통과해야하는
취업의 바늘구멍

하늘이
무너져도 솟아날 구멍

그리고

약대가 통과하는 것이
쉽다고 하는 그 바늘귀

은혜여

나사못을 조이면서

박힌 못이 느슨해지고
스쳐 지나가는
바람에도
문짝이 삐꺽거린다

느슨해지는 것이
어디, 나사못뿐이겠는가
그러려니 하면서
나사못을
정해진 방향으로 조인다

바라는 마음이긴 하지만
살면서
서로 잡은 손길도
더는 느슨해지지 않기를

그러면서 혼자 중얼거려본다

미련

가로수마다 낙엽이 지고
거리가 황량하기만 한
이 가을에

돌아서지를 못하고
혼자서
한참을 서성거리기만 한다

서성거리는 이의
휘어져가는 다리 사이로
힘겹게
빠져나가는 세월이

그런대로
웃고 있는 것만으로도

미련을 버리지 못하고
돌아서지 못하는 이유가 되는가

경칩, 얼음장이 갈라지면서

일찍이 추위가 풀리고
얼음장 금이 가는 소리에
동면중이던
개구리 한 마리가

놀래서
뒷다리를 꿈틀 거린다

(늦잠 자는 이의
발가락인지도 모르지만)

겨우내 꽁꽁 얼었던
얼음장
그 밑으로 흐르기 시작한
개울물 소리에

나는 뒤척이면서 봄꿈을 꾼다

너의 한마디 말

한마디 말이
누구에게는
용기가 되기도 하고

한마디 말이
누구에게는
비수比首가 되기도 하지만,

향기로운 꽃
장미100송이보다도
너의 한마디 말,
그건

사랑

발걸음이 갖는 의미

얻고자 하는 마음을 버리면
인생의 길을 가면서
떨어진 낙엽도
조심하게 되는
저가로의 걸음이 되는 것이다

산다는 자체自體가
걸음의 시작이긴 하지만
부끄러움으로 남는
발걸음은
남기지 말아야 하지 않겠는가

바쁜 걸음 속에서
떨어진 낙엽도 조심하게 되는
진정한 삶의 의미意味

그것은
자기로의 발걸음이 되는 것이다

삶의 설레임

만나러 가는 것도
만나고 돌아오는 것도
기다리는
삶의 연속이 아니던가

하루하루 사는 일이
비록 곤고困苦할지라도
삶에는
기다림이 있는 것이다

일상적이지만
만남이 설렘으로 다가온다
내일의
기다림에는 설레임이 있는 것이다

엄마라는 이름의 심령 속에는
- 에밀레종鐘소리

엄마 그 모성母性을 울리는
아기의 울음소리가 들려온다

에밀레 에밀레 (엄마 찾는)
종소리로
울려오기도 하고

엄마 찾는 (에밀레 에밀레)
울음소리로
들려오기도 한다

지금 이 시간에도

엄마라는
그 이름의 심령心靈 속에는
아기의 울음소리가
울려오고 있는 것이다

유채꽃 꿈꾸는 씨앗

(1) 되돌아가던 날

붕붕거리는
꿀벌을 보고 설레는가
하늘거리는
노란색 꽃을 보고 설레는가

모처럼
찾아왔다가 한마디
말도 못하고 되돌아가던 날

그날처럼
유채 꽃길을 따라
벌들이 붕붕거린다

노랗게 물든 세상을
설레는
가슴으로 부는가. 바람이여

⑵ 유채꽃 꿈꾸는 씨앗

부는 바람에 쓰러지고
남은 유채꽃에는
벌 대신
나비들이 차지를 한다
나의 생각은 거기까지다

씨앗을 가득히 달고
바람에 쓰러진 꽃대마다
채워지는
무게로 존재감을 갖는가
거기서부터,

사람들이 살아가는
삶의 길과 연계連繫하여
유채꽃은
생각을 노랗게 갖고
다시 발아發芽를 꿈꾸는 것이다

(3) 벌 소리와 이명耳鳴

유채꽃 축제가 한창이다
벌들이 윙윙거린다

삶을 공유共有하는
관계關係에서
사람들과 갈등을 느끼는가

노랗게 물들인 들녘에서

갈 바를 잊은 채
이리저리 떠돌기만 하는
어떤 벌은
이명耳鳴까지 닮은 소리를 낸다

나와는
또 다른 갈등을 느끼는가
벌하나가 따라와 윙윙거린다

남은 삶, 유랑천에 허리를 걸치고
- 유랑천, 거기 살면서

(1) 나비 사유思惟

터를 잡고
유랑천에 사는 나비들
낯선 인기척에
또 다시
뿔뿔이 날아가 버린다

노변 가까이에서
배회하는
한 마리 나비에게라도
속된 마음을 버리면

노랑 날개를 접고
내 맘자리에 날아와 앉을까

허황된 생각을 하다가
유랑천
여울물 소리에 해가 기운다

(2) 사유思惟, 유랑천

눈바람만이
텅 빈 갈대밭에
홀로 남아 윙윙거리는데

한강이
결빙하였다고 하는
매서운 한파 속에서도
유랑천은
끝내 얼지를 못하고

언제부터인가
자신의
수심水深마저 잊어버린 채,

그렇게 살아가는
사람들
세상 속으로 흘러만 간다

남은 삶, 유량천에 허리를 걸치고
- 유량천 긴 물줄기 따라

유량천 긴 물줄기 따라

태어난 곳은 아니어도
태조산에서 흐르는
유량천 물줄기 따라
반평생 넘도록 천안 땅에서 살아왔다

하늘 아래 가장 편안한 곳이
천안 땅이라고 했던가
아직도 믿고
살아가야 할 세월이
때로는 숨이 막혀온다

물살을 가르며 올라오는
물고기들과의 소통이
그나마
숨통이 되어
유량골 물길에 묻혀 산다

너무 오래 살았는가
억새풀처럼 속 비는 마디마다
세월로의 통증이 깊어만 간다

남은 삶, 유량천에 허리를 걸치고
- 유량천변 사람들

조석朝夕으로
유량천留糧川변을 걷는 사람들

발품으로 살아온 아버지
노년老年의 지친모습을
보는 것 같은 걸음걸이도 있고

어머니의 무너진 걸음걸이를 닮은
그런 발걸음도 있다
그 걸음걸이가 머지않아
나의 발걸음이 되어있을
그러니까
세월로도 흐르는 유량천이다

태조산太祖山에
머리를 두고 살아가는 사람들
순박한 삶의 가운데에는
함께 흘러가는 유량천이 있는 것이다

    *

우리들의 노래가 되고
시詩가 되면서
닮은 서로의 걸음걸이로
유량천은
또한 천년을 흘러갈 것이다

*고려태조 왕건이 군사를 주둔함에 따라 생긴 지명들임

오랜 친구들을 회상하면서

― 인생, 삼인행(3人行)

(1)

항상 붙어 다니던
같은 또래 친구들이 있었다
나보다 키 큰 친구는
부모덕에 고생 같은 것을 몰랐다
부러운 친구였다

(2)

신문배달을 하면서 학교를 다니던
또 한 친구는
인기도 좋았고 공부도 잘했다
두 친구는
부모의 희망대로 대학을 갔다

(3)

나는 그 친구들에 비해 잔병도 많았고
늘 눈 다래끼를 달고 살았다
마음까지 여린데다가 주변머리도 없었다
몇 개월 치 월사금도 내지 못한 채로
겨우 졸업은 했지만
취업마저도 여의치가 않아 군대를 갔다
세월은 유수라고 했던가
불혹의 나이를 훌쩍 넘겨서야
서로의 안부를 알게 되었다

(4)

잘 될 것 같았던 머리 좋은 친구는
어느 회사 연구원으로 들어갔는데
애석하게도 젊은 나이에 죽고
아버지를 꼭 빼닮았다고 하는
독자 아들이
명문대학을 졸업하고 아버지처럼
대기업에서 연구원으로 일한다고 했다

(5)

키가 컸던 친구는
일찍이 부모 사업체를 물려받아
한동안 잘 나갔는데
IMF로 회사가 어려워지면서
큰 아들 내외가
맡아 관리를 한다고는 하지만
바빠서 그런지 연락한번 없다

(6)

나는 공무원 생활을 마치고도
유량천에 허리를 걸치고
한 자리에서
50여년을 별 탈 없이 살아가고 있다

(7)

추위가 오기 전도
친구 유골이 안치되어 있다는
벽재 납골당에 한번 가보자고
기업하는 친구한테 전화를 해보았지만
아직까지 연락이 없다

가슴에 남아있는 6·25 이야기
– 가마니 사시오!

어린 시절부터
남대문 성 밑 동네에서 살았다
육이오가 발발했을 때
나는 초등학생이었다

난생 처음 듣는 총소리가
밤낮 없이 들려오고

서울을
빠져나가지 못한 사람들로
시내는 북새통인데
서대문 쪽으로 가야 산다
마포 쪽으로 가야 산다
근거 없는 소문들만 무성하였다

유언비어가 무성한 가운데
어떤 백발노인이
피난 갈 생각은 하지 않고
빈 쌀가마니를 어깨에 메고는

남대문 쪽으로 걸어가면서
"가마니 사시오!
"가마니 사시오! 라고 외치더란다

육이오를 겪은
세대의 한사람으로 비참했던
지난 일들을 반추反芻하면서
남은 삶을
가만히 살아가는 중이다

가슴에 남아있는 6·25 이야기
– 한강은 흐른다

일사후퇴 때
폭격으로 끊어진 철다리 밑으로
흐르던 한강은
얼마나 목이 메어 울었던가

서울을 빠져나가려는
피난민들이
한강 백사장으로 몰리고
끊어진 철길을 타고
도강渡江 하려는 남녀들로
한강은 북새통이었다

철다리를 잘못 짚는 바람에
젊은 엄마가
등에 업힌 아기와 함께
강물로 떨어지고
그 광경을 목격하면서도
살기위해 한강을 건너가야만 했던

피난길의 슬픈 이야기는
살아남은 사람들
가슴속에 여전히 남아서
한강은 말없이 오늘을 흐른다

너의 한마디 말, 사랑

윤용순 시집

발 행 처 · 도서출판 청어
발 행 인 · 이영철
영　　업 · 이동호
홍　　보 · 이용희
기　　획 · 천성래
편　　집 · 방세화
디 자 인 · 이혜니 | 이수빈
제작이사 · 공병한
인　　쇄 · 두리터

등　　록 · 1999년 5월 3일
(제1999-000063호)

1판 1쇄 인쇄 · 2019년 7월　1일
1판 1쇄 발행 · 2019년 7월 10일

주소 · 서울특별시 서초구 남부순환로 364길 8-15 동일빌딩 2층
대표전화 · 02-586-0477
팩시밀리 · 0303-0942-0478

홈페이지 · www.chungeobook.com
E-mail · ppi20@hanmail.net
ISBN · 979-11-5860-669-5(03810)

이 도서의 국립중앙도서관 출판시도서목록(CIP)은 서지정보유통지원시스템 홈페이지
(http://seoji.nl.go.kr)와 국가자료공동목록시스템(http://www.nl.go.kr/kolisnet)
에서 이용하실 수 있습니다.(CIP제어번호: CIP2019024640)